서정춘 시인

1941년 전남 순천 출생
1968년 <신아일보> 신춘문예 당선
1996년 동화출판사 28년 근속
1996년 첫 시집 『죽편』 간행
2001년 시집 『봄, 파르티잔』 간행
2005년 시집 『귀』 간행
2010년 시집 『물방울은 즐겁다』 간행
2013년 시선집 『캘린더 호수』 간행
2016년 시집 『이슬에 사무치다』 간행
2018년 등단 50주년 기념집 『서정춘이라는 시인』 간행

sjc2228@naver.com

하류

故 김영태 作, <서정춘>

b판시선 038

서정춘 시집

하류

도서출판 b

하류가 좋다

멀리 보고 오래 참고 끝까지 가는 거다

매화걸음

매화걸음 했었지

살얼음걸음으로

가는 동안 녹아서

피는 꽃 보았지

드문드문 피어서

두근두근 보았지

아껴서 보았지

요로콤만 보았지

미소展

아이들이 눈 오시는 날을 맞아 눈사람을 만드실 때
마침내 막대기를 모셔와 입을 붙여주시니 방긋 웃으시
어 햇볕도나 좋은 날에 사그리로 녹아서 입적하시느니

휴休

가을걷이 하다 말고 앉아 쉬는데
늦잠자리 한 마리가 인정人情처럼
어깨 위로 날아와 앉았습니다
꼼짝 말고 더 앉아 쉬어보잔 듯

한 획을 긋다

어항 속의 느린
금붕어 한 마리를
연못에 풀었더니
빙빙거렸지
빙빙거렸지
오, 순간의
빛살처럼
빛나갔었지
눈먼 행로의
한 획을 긋는
눈부심으로

쪽지

나비시를 지었다

시가 안 돼 접었다

여러 번을 접었다

여러 번을 잘랐다

다 털고

나비는

날

　　앗

　　　다

인큐베이터

스위치를 내리세요

저기 등갓 비스므레 보이는 게 눈썹달이구요

저게 보름달일 우리 지구별의 등불이에요

아직 졸고 있지요?

은어 체험

이것을 생물로 훔친 비수라고 해야 하나

단 한 번의 날것을 훔쳐서는

웃스스 손바닥을 베인 듯한 섬뜩함이라니

하류 ^{下流}

옷 벗고

갈아입고

도로 벗고

하르르

먼

여울 물소리

첫 꽃

그녀가 뒤꽁무니를 쫓아다닌 나를 돌아보며 피식
웃던 그 꽃!

기러기표

나는 안다
이웃집 옥탑방의 빨랫줄에 걸려 있는 양말 한 짝이
바람 불어 좋은 날 하릴없이 펄럭이고 있다는 것을

나는 안다
누군가가 안쓰러워진 양말짝에 기러기표 부표를 달
아주면 구만리장천으로 날려버릴 바람이 불어올 것을

매미에게 묻다

매미야
매미야

ㅁ ㅁ 울래
M M 울래

한글로 울래
영어로 울래

모른다고 울래
답이 없다 울래

자를 빌려 쓰다*

스님의 좌선은 바위 재는 자요

스님의 입선은 말뚝 재는 자요

스님의 와선은 물길 재는 자요

스님의 자는 눈금 없는 자요

나는 정현종의 자를 빌려 쓰는 자요

* 정현종의 시 「자」를 패러디함.

평화시간

　오늘따라 도리뱅이 작은 저수지의 물색이 하도나 맑고 잔잔도 해 거기다가 길게 날숨 쉬듯 낚싯줄을 드리웠는데 잔 잔 잔 저수지 물이 들름날름 술렁거렸는데 난데없는 왜가리의 울음방울소리에 화들짝 낚싯대를 들어 올렸는데 낚싯줄에 걸린 한 무게를 깜짝깜짝 놓쳐버렸는데 저수지의 물은 어느새 잔잔해졌는데 손 놓고 있었는데 아, 한순간에 일어난 작은 평화를 나는 어느 곳에서도 겪어본 적이 없었더랍니다

양철닭*

대낮인데
차고 시리도록
새벽닭이 울었더라
나아가 보면
동쪽 산에
붉은 알이 올랐을라

* 전영주 시인의 소장품.

은어살이

    섬진강은 은어 떼를 풀어놓고 풀어만 놓고 비백체로 흐르더라 은어 떼는 세찬 강물의 자갈 바닥에 붙어 있는 물이끼를 뜯느라 온몸을 뒤채며 역류하는 것이라며 낚시꾼 친구 황갑철이 은어 한 마리를 낚아채 높이 들어 보이더라 그는 은어가 물 밖을 나온 순간 자진해버린다며 은어살이의 서슬 푸른 결기를 아느냐고 묻더라 나는 은어가 흐르는 은장도로 보여서 잔소름이 돋더니 물로 녹아버렸더라

움직詩

형, 뭐하고 있소

앉았다
섰다 그래

그거 도 닦는 소리 같소
안 그래
나 움직시 쓰고 있어

엇둘
  하나
    둘

엇둘
  하나
    둘

석류를 보며

그러니까 내가 시린 이를 머금고 첫 본 치과의사는
말이다 젖힌 의자에 뉘인 볼살 고운 그니의 붉은 입술을
들추더니설랑 그니의 잇몸에 금니은니 박아놓고 김치
웃음으로 빛나 보이게 하더란 말이다 아까부터 내 눈도
시리고 삐어선지 여러 번 여러 번 빛나 보이더란 말이다

25

11월처럼

전설 같은 노래라지
딸기 먹고 딸을 낳고
고추 먹고 아들 낳고
희망일기 쓰면서 흥흥거렸지
시간농사 지으며 흥흥거렸지
바야흐로 끝물 전에 도둑맞듯
아들 딸 남의 손에 얹어주었지
돌아와, 아내와 나
의지가지 작대기로 남게 되었지
11월처럼

화두
―전항섭의 어락원漁樂園

몰라, 아무도 몰라, 저수지 물 위에 무슨 물고기 떠올라
있었고

물은, 자기 몸으로 만든 물고기의 주검을 슬퍼할 줄을
몰랐다

물고기도, 자기 몸이 죽은 줄을 모르고 출렁거리고
있었다

매미의 사랑

그리워서
많이 울었을 것이다

사랑해서
죽도록 울었을 것이다

대밭일기

비 갠 뒤
대밭 속
여기저기
개똥 자리에
죽순이 올라 있다
개똥 먹은 죽순
굳세어라
竹竹

꽁초꽃

노점을 깔고 앉은 할머니께 누군가 나이를 묻자
피우고 있던 꽁초를 꽂인 양 흔들어보였습니다

쑥대머리

아들아
나 어느 한 때 떠돌이로
삐리광대였느니
어렵사리 길은 멀고
한두 끼니 건넜을 때 울컥
거린 울분을 물키듯 퍼마시며
여기까지 흘러와
저 열두 발 폭포처럼
토악질처럼
북장단도 없이
쑥대머리 불렀느니

진달래꽃

　　그해, 지리산 밑 오두막에 살면서 산막을 드나들다
총 맞은 가슴팍에 진달래꽃을 피워놓고 고요히 잠든
사내를 빨치산이라 불렀었지,

파묘

아버지 삽 들어갑니다
무구장이 다 된 아버지의 무덤을 열었다
설디선 이빨의 두개골이 드러나고
히힝! 말 울음소리가 이명처럼 귓전을 스쳤다
어느 날도 구례장을 보러 말 구루마를 끌며
하늘만큼 높다는 송치재를 오를 때
마부 아버지와 조랑말이
필사적인 비명을 들은 적이 있었다

독새풀

보릿고개 시절이었네
어머니가 논밭에서 독새풀을 베어다
된장에 무쳐줬네
두어 번 씹다가
풀내음이 역겨워 뱉어버렸네
"아가, 독초도 백 번 씹으면 약이 되느니"
아버지의 말씀 한 마디가
이 뭣고! 내 필생의 귀결이로 달랑거렸네

민들레 꽃반지*

어이, 친구 성동이
자네 소설을 읽었다네
얼라, 나 여러 번 겁나부렀네
얼라얼라, 반미에 반일로
통일나라 꿈꾸는
김한봉 동무와
한선희 동무가
자네를 낳아준 부모님이라니
나, 겁나부렀네
자네 그 소설을 읽은 동안
나, 박헌영의 야체이카였드라니
얼라, 나 시방 떨고 있네

* 김성동의 소설집.

이끼

바위에 눌어붙어
죽은 듯한 이끼
는 비가 오는 날이면
푸르러진 이끼
는 죽어도 죽지 못한
불운한 이끼다

기념일
―유정숙에게

시 공부 10여 년에 쌓인 책 이희승 국어사전 빼고
나머지 한 도라꾸 판 돈으로 한 여자 모셔와 서울 청계천
판자촌에 세 들어 살면서 나는 모과할 게 너는 능금해라
언약하며 니뇨 나뇨 살아온 지 오늘로 50년 오매 징한
사랑아!

하류

초판 1쇄 발행 2020년 10월 28일
    2쇄 발행 2020년 12월 22일

지은이 서정춘
펴낸이 조기조
펴낸곳 도서출판 b

등록 2003년 2월 24일 (제2006-000054호)
주소 08772 서울시 관악구 난곡로 288 남진빌딩 302호
전화 02-6293-7070(대) 팩시밀리 02-6293-8080
홈페이지 b-book.co.kr 이메일 bbooks@naver.com

ISBN 979-11-89898-38-0   03810
값_10,000원